VENTE

Des Lundi 22 et Mardi 23 Décembre 1913

HOTEL DROUOT, SALLES 7 & 8

A DEUX HEURES ET DEMIE

TABLEAUX ANCIENS

Objets d'Art et d'Ameublement

MEUBLES ET SIÈGES

Provenant du Château de R...

COMMISSAIRE-PRISEUR

Me Henri BAUDOIN

EXPERTS

M. Georges SORTAIS

M. Édouard PAPE

CATALOGUE

DE

Tableaux Anciens

Par :

C. BEGA, A. CALAME, PH. DE CHAMPAIGNE
L.-P. CRÉPIN, J.-L. DAVID, E. DEVÉRIA, A. VAN DYCK, J.-M. NATTIER
SCHALKEN, J. STEEN, ETC.

AQUARELLES, DESSINS, GRAVURES

OBJETS D'ART ET D'AMEUBLEMENT

Porcelaines et Faïences

BRONZES — MARBRES

SIÈGES ET MEUBLES

Le tout provenant du Château de R...

ET DONT LA VENTE AURA LIEU A PARIS

HOTEL DROUOT, SALLES 7 & 8

LES LUNDI 22 ET MARDI 23 DÉCEMBRE 1913

à deux heures et demie

COMMISSAIRE-PRISEUR

Me HENRI BAUDOIN, *Successeur de M. PAUL CHEVALLIER*

10, rue de la Grange-Batelière

ASSISTÉ DE :

Pour les Tableaux :	*Pour les Objets d'art :*
M. GEORGES SORTAIS	**M. ÉDOUARD PAPE**
EXPERT PRÈS LE TRIBUNAL CIVIL	EXPERT PRÈS LE TRIBUNAL CIVIL
11, rue Scribe	174, rue du Faubourg-Saint-Honoré

EXPOSITION PUBLIQUE

Le Dimanche 21 Décembre 1913, de deux heures à six heures

CONDITIONS DE LA VENTE

Elle sera faite au comptant.

Les adjudicataires paieront *dix pour cent* en sus des enchères.

Paris. — Imprimerie de l'Art, Ch. Berger, 41, rue de la Victoire

DÉSIGNATION

GRAVURES

BÉNARD

(D'après)

1 — *Le Marchand d'huîtres.*

2 — *Le Marchand de poissons.*

Épreuves en noir.
Deux pendants.

BOL

(D'après F.)

3 — *Le Philosophe.*

Épreuve en noir.

BOUCHER

(D'après F.)

4 — *Le Billet doux.*

Épreuve en noir.

BREUGHEL

(D'après)

5 — *Alle Mode School.*

Épreuve en noir.

DE RAISNE

(D'après)

6 — *Femme grecque.*

Épreuve en noir.

ÉCOLE ANGLAISE

7 — *Innocent Play.*

Épreuve en couleurs.

8 — *The Wanton trick.*

Épreuve en couleurs.
Deux pendants.

ÉCOLE ANGLAISE

9 — *Bird's Nest.*

Épreuve en noir.

ÉCOLE ANGLAISE

10 — *Infancy.*

Épreuve en noir.

FRAGONARD

(D'après J.-H.)

11 — *Le Rideau.*

Épreuve en noir.

FRAGONARD

(D'après)

12 — *Henri IV et Sully.*

Épreuve en noir.

GÉRARD

(D'après le baron)

13 — *Psyché et l'Amour.*

Épreuve en noir.

JANINET

14 — *Portrait de Molière.*

Épreuve en couleur.

JANINET

15 — *Portrait de Montesquiou.*

Épreuve en couleur.

JANINET

16 — *Portrait de Guillaume Thomas Reynal.*

Épreuve en couleur, forme ovale.

JORDAENS

(D'après)

17 — *Les Quatre Évangélistes.*

Épreuve en noir.

LAWRENCE

(D'après T.)

18 — *Le delizie Materne.*

Épreuve en noir.

LEBRUN

(D'après CH.)

19 — *Amoris Præmium.*

— *Divine Amoris Pignus.*

Épreuves en noir.

Deux pendants.

LECLERC

(D'après)

20 — *Gouvernement de Prodes et d'Euristhènes.*

Épreuve en noir.

LECLERC

(D'après SÉBASTIEN)

21 — *Divers habillements des anciens Grecs et Romains.*

Vingt-quatre épreuves au trait.

LOO

(D'après C. VAN)

22 — *Le Triomphe de Silène.*

Épreuve en noir.

MIGNARD

(D'après)

23 — *Marie de Lorraine, duchesse de Guise.*

Épreuve en noir, avant le titre.

MIXELLE

(D'après)

24 — *Les Joueurs.*

Épreuve en couleur.

OSTADE

(D'après VAN)

25 — *Le Maître d'école.*

Épreuve en noir.

PETERS

(D'après)

26 — *Resurrection of a Pious Familly.*

Épreuve en noir.

RAPHAEL

(D'après)

27 — *La Transfiguration.*

Épreuve en noir.

RAPHAEL

(D'après)

28 — *La Madone de Saint-Sixte.*

Épreuve en noir.

RAPHAEL

(D'après)

29 — *Raphaël et Le Pérugin.*

Épreuve en noir.

RAPHAEL

(D'après)

30 — *La Sainte Vierge.*

Épreuve en noir.

REGNAULT

(D'après le baron)

31 — *Scène du Déluge.*

Épreuve en noir.

ROMAIN ET LEVY

(D'après)

32 — *Moise.*

Épreuve avant la lettre.

RUBENS

(D'après)

33 — *The presentation in the temple.*

Gravure coloriée.

34 — *The visitation.*

Gravure coloriée.

Deux pendants.

RUBENS

(D'après)

35 — *Son Portrait.*

Épreuve en noir.

SAINT-AMAND

(D'après)

36 — *Isabelle et Zerbin.*

Épreuve en noir.

SCHALL
(D'après)

37 — *Geneviève, Comtesse de Brabant.*

Épreuve en noir.

SCHEFFER
(D'après ARY)

38 — *Mignon.*

Épreuve en noir.

SCHENEAU
(D'après)

39 — *Image de la Beauté.*

Épreuve en noir.

VERNET
(D'après HORACE)

40 — *Madame de La Vallière, aux genoux de la Reine, implore son pardon.*

41 — *Louis XIV introduit furtivement chez Madame de La Vallière.*

Épreuves en noir.

Deux pendants.

WAFFLARD

(D'après)

42 — *Le Chien de l'Hospice.*

Épreuve en noir.

WERF

(D'après VAN DER)

43 — *La Danse des Nymphes.*

Épreuve en noir.

44 — *Le Jugement de Pâris.*

Épreuve en noir avant le titre.

Deux pendants.

WEST

(D'après)

45 — *Peter having denied Christ.*

Épreuve en noir.

WILKIE

(D'après D.)

46 — *The rabbit on the Wall.*

Épreuve en noir.

BRYER
(D'après)

47 — *Abelard et Eloïse.*
Épreuve en noir.

GÉRARD
(D'après)

48 — *Portrait de Corvisart.*
Épreuve en noir.

DUPIN
(D'après)

49 — *Portrait de Opknis.*
Épreuve en noir.

50 — *Portrait de l'abbé Terray.*
Épreuve en noir.

ISABEY
(D'après)

51 — *Portrait de Grétry.*
Épreuve en noir.

52 — *Portrait du Marquis d'Argenson.*
Épreuve en noir.

DUPRÉ
(D'après)

53 — *Portrait de Marmontel.*

Épreuve en noir.

DE LA TOUR
(D'après)

54 — *Portrait de Jean-Jacques Rousseau.*

Épreuve en noir.

DE LA TOUR
(D'après)

55 — *Portrait de Voltaire.*

Épreuve en noir.

HINC SEPTEM

56 — *Dominos.*

Épreuve en noir.

57 à 60 — Un lot composé de vingt-deux pièces, gravures ; chromo-lithographiques ; photographies. (Sera divisé.)

AQUARELLES, DESSINS
Pastels, Gouaches

ANTHOINE

61 — *Vue de Montargis.*

Dessin au crayon Conté.
Signé en bas à droite.

BOUCHER
(École de F.)

62 — *La Jeune Bouquetière.*

Pastel.

ÉCOLE FRANÇAISE
(XVIIIe siècle)

63 — *Portrait d'une Jeune Fille.*

En pied au milieu d'un parc, tenant un petit chien dans les bras.
Pastel ovale.

ÉCOLE FRANÇAISE

(Commencement du XIXe siècle)

64 — *La Bergère.*

Dessin à la pierre noire.

ÉCOLE FRANÇAISE

(XIXe siècle)

65 — *Paysage. (Souvenir de la Vallée de Saint-Chéron.)*

Aquarelle.

INCONNU

66 — *Portrait de Femme en costume du XVIe siècle.*

Gouache.

LALANNE

67 — *Château arabe en ruines.*

Dessin au crayon noir.

Signé à droite.

TABLEAUX

ADLOFF

(CHARLES)

68 — *Marine au crépuscule.*

Toile. Haut., 82 cent.; larg., 1 m. 15 cent.

ASCH

(PIERRE-JEAN VAN)

69 — *Paysage.*

Au milieu d'un sentier traversant un bois, un cavalier monté sur un cheval blanc rencontre un mendiant.

Signé en bas à gauche.

Pendant du suivant.

Bois. Haut., 38 cent.; larg., 34 cent.

ASCH

(PIERRE-JEAN VAN)

70 — *Paysage.*

Une femme assise se reposant, et un villageois lui causant, dans un bois près d'un cours d'eau.

Pendant du précédent.

Bois. Haut., 38 cent.; larg., 34 cent.

ASCHENBACH

(ANDRÉ)

71 — *Paysage de Westphalie.*

Signé et daté en bas à droite : *Aschenback 1871.*

Bois. Haut., 63 cent.; larg., 83 cent.

BECKER

(CHARLES)

72 — *La Partie de billard.*

Signée et datée en bas à droite : *1869.*

Toile. Haut., 88 cent.; larg., 1 m. 08 cent.

BEGA

(CORNEILLE)

(1620-1664)

73 — *Intérieur hollandais.*

Une mère assise tenant son enfant sur ses genoux, une femme lui apporte à boire ; derrière, un homme assis fume.

Pendant du suivant.

Toile. Haut., 47 cent.; larg., 42 cent.

BEGA

(CORNEILLE)

(1620-1664)

74 — *Le Concert.*

Dans un intérieur, une femme et un homme assis jouent et chantent, au milieu d'instruments de musique.

Pendant du précédent.

Toile. Haut., 47 cent., larg., 42 cent.

BENNETTER

(JEAN-JACQUES)

75 — *Marine.*

Signée en bas à gauche.

Toile. Haut., 82 cent.; larg., 1 m. 15 cent.

BOUCHER

(D'après FRANÇOIS)

76 — *Le Charmeur d'oiseaux.*

Copie ancienne.

Toile ovale. Haut., 58 cent.; larg., 68 cent.

CALAME
(ALEXANDRE)
(1817-1864)

77 — *Les Bords d'un lac, en Suisse.*

Toile. Haut., 35 cent.; larg., 45 cent.

CARRÉE
(MICHEL)
(1666-1728)

78 — *En Route pour le Marché.*

Au milieu d'un paysage d'Italie, des vaches, moutons, chèvres, et un âne chargé d'agneaux, se rendent au marché, sous la conduite de leurs pâtres.

Signé et daté, au milieu et à droite : *M. Carré, 1692.*

Toile., 58 cent.; larg., 71 cent.

No 79

CHAMPAIGNE

(PHILIPPE DE)

(1602-1674)

79 — *Vision de saint Joseph.*

L'ange Gabriel, planant au-dessus de saint Joseph, lui montre d'une main le ciel et de l'autre la Vierge, agenouillée.

Toile. Haut., 2 m. 10 cent.; larg., 1 m. 60 cent.

CHARLES XV

(ROI DE SUÈDE)

(1826-1872)

80 — *Environs de Looen, en Norvège.*

Signé en bas à gauche du monogramme *C.* et daté : *68.*

Toile. Haut., 1 m. 18 cent. ; larg., 1 m. 63 cent.

CHARPENTIER

(Attribué à J.-B.)

81 — *Scène de Famille.*

Une jeune femme tient un morceau de pain de la main droite ; deux enfants s'approchent d'elle, le petit garçon la tête baissée, faisant la moue, et la petite fille souriante.

Toile. Haut., 21 cent.; larg., 27 cent.

CIGNANI

(CHARLES)

(1628-1719)

82 — *Joseph et la Femme de Putiphar.*

Toile. Haut., 1 m. 04 cent.; larg., 1 mètre.

COLIN

(ALEXANDRE)

83 — *Le Départ de la petite Écolière.*

Toile. Haut., 41 cent.; larg., 33 cent.

COYPEL

(Attribué à ANTOINE) XVIIIe

84 — *Portrait de Rabelais.*

Vu de face, la figure souriante coiffée d'un bonnet à aigrette, vêtu d'une robe de bure.

Toile. Haut., 42 cent.; larg., 34 cent.

CREPIN

(LOUIS-PHILIPPE)

(1772-1851)

85 — *Une Lavandière.*

Au bord d'une rivière, un jeune garçon apporte du linge à une femme qui s'apprête à le laver.

Pendant du suivant.

Toile. Haut., 77 cent.; larg., 1 m. 10 cent.

CREPIN

(LOUIS-PHILIPPE)

(1772-1851)

86 — *La Pêche.*

Sur un tertre, au bord d'une rivière, un pêcheur et sa compagne s'apprêtent à retirer leurs filets de l'eau.

Pendant du précédent.

Toile. Haut., 77 cent.; larg., 1 m. 10 cent.

DAVID
(JACQUES-LOUIS)
(1748-1825)

87 — *Offrande à l'Amour.*

Une jeune femme, assise sur un tabouret, tresse des couronnes de fleurs et les dispose sur l'hôtel de l'amour.

Toile. Haut., 33 cent.; larg., 25 cent.

DAVID
(Attribué à JACQUES-LOUIS)
(1748-1825)

88 — *Le Retour du Guerrier.*

Toile. Haut., 39 cent.; larg., 32 cent.

DEVÉRIA
(EUGÈNE)
(1805-1865)

89 — *Blanche de Castille enseignant la lecture.*

Signé en bas à gauche.

Toile. Haut., 46 cent.; larg., 38 cent.

DROLLING
(École de MARTIN)

90 — *La Ménagère.*

Bois. Haut., 49 cent.; larg., 41 cent.

DYCK

(ANTOINE VAN)

(1599-1641)

91 — *Portrait présumé de Jean Witte.*

En buste de trois quarts vers la gauche, il porte une collerette de guipure, et est vêtu d'un pourpoint noir.

Bois. Haut., 10 cent.; larg., 8 cent.

ÉCOLE ALLEMANDE

(XVIIIe siècle)

92 — *Portrait de Jeune Femme.*

Toile. Haut., 29 cent.; larg., 24 cent.

Cadre Louis XIII en bois sculpté et doré.

ÉCOLE FLAMANDE

(XIXe siècle)

93 — *Paysage.*

Un pâtre et sa compagne gardent un troupeau de vaches au bord d'un fleuve.

Toile. Haut., 26 cent.; larg., 22 cent.

ÉCOLE FRANÇAISE

(Fin du XVIIIe siècle)

94 — *Portrait d'une Vieille Femme et de son Petit-Fils.*

Toile. Haut., 77 cent.; larg., 61 cent.

ÉCOLE FRANÇAISE

(XIXe siècle)

95 — *Michel-Ange dans son atelier.*

Bois. Haut., 38 cent.; larg., 46 cent.

ÉCOLE FRANÇAISE

(XIXe siècle)

96 — *Portrait de Femme.*

Vue en buste presque de face, vêtue de noir.

Toile. Haut., 61 cent.; larg., 53 cent.

ÉCOLE FRANÇAISE

(XIXe siècle)

97 — *Portrait de Femme.*

Vue en buste, vêtue de velours noir.

Toile. Haut., 61 cent.; larg., 53 cent.

ÉCOLE FRANÇAISE

(XIXe siècle)

98 — *Allégorie.*

Toile ovale. Haut., 47 cent.; larg., 39 cent.

ÉCOLE FRANÇAISE

(XIXe siècle)

99 — *La Glaneuse.*

Toile. Haut., 46 cent.; larg., 38 cent.

ÉCOLE HOLLANDAISE

(XVIIe siècle)

100 — *Halte de Chasse.*

Au pied d'un rocher et au bord d'une rivière un cavalier est descendu de sa monture et se renseigne, auprès d'une villageoise; deux chiens se reposent tandis que, derrière, une amazone attend, ainsi qu'un laquais qui tient le cheval du cavalier par la bride.

Toile. Haut., 1 mètre; larg., 1 m. 33 cent.

ÉCOLE HOLLANDAISE

(XVIIe siècle)

101 — *La Marchande de légumes.*

Bois. Haut., 47 cent.; larg., 42 cent.

ÉCOLE HOLLANDAISE

(XVIIe siècle)

102 — *Nature morte.*

Une flûte, des pièces d'orfèvrerie et un drageoir, une viole, et une draperie à franges d'or, posés sur une table recouverte d'un tapis de velours vert à franges d'argent.

Toile. Haut., 1 m. 16 cent.; larg., 1 mètre.

Pendant du suivant.

ÉCOLE HOLLANDAISE

(XVIIe siècle)

103 — *Nature morte.*

Un plat d'argent repoussé, un drageoir et des pièces d'or, une trompette, une flûte, une mappemonde, etc., enchevêtrés d'une draperie rose à franges d'argent, des gravures repliées, posées sur une table recouverte d'un tapis de velours vert à franges d'or.

Pendant du précédent.

Toile. Haut., 1 m. 16 cent.; larg., 1 mètre.

ÉCOLE HOLLANDAISE

(XVIIIe siècle)

104 — *Réunion de Cavaliers et de Personnages dans un paysage.*

Toile. Haut., 40 cent.; larg., 57 cent.

ÉCOLE ITALIENNE

(XVIe siècle)

105 — *La Vierge et l'Enfant Jésus au milieu d'un paysage.*

Bois. Haut., 32 cent.; larg., 26 cent.

ÉCOLE ITALIENNE

(XVIIe siècle)

106 — *Portrait de Vieille Femme, en buste.*

Toile. Haut., 48 cent.; larg., 42 cent.

GREUZE

(D'après J.-B.)

107 — *Le Retour de la Chasse.*

Toile ovale. Haut., 15 cent.; larg., 20 cent.

GROLIG

108 — *Entrée d'un port en Orient.*

Toile. Haut., 85 cent.; larg., 1 m. 28 cent.

GROLIG

109 — *Rue d'une ville d'Orient.*

Signé en bas à gauche : *Grolig.*

Toile. Haut., 91 cent.; larg., 73 cent.

HEINET

(P.)

110 — *Ferme dans le Tyrol.*

Signé et daté en bas à droite : *P. Heinel, 1832.*

Bois. Haut., 36 cent. 1/2; larg., 45 cent.

HONDEKOETER

(Genre de M.)

111 — *Canards sauvages et leurs petits.*

Toile. Haut., 98 cent.; larg., 73 cent.

INCONNU

112 — *Réunion de Famille.*

Pendant du suivant.

Toile. Haut., 72 cent.; larg., 68 cent.

INCONNU

113 — *Une Noce de Village en Suisse.*

Pendant du précédent.

Toile. Haut., 72 cent.; larg., 68 cent.

JUNI

(J.)

114 — *Bateaux à vapeur et bateaux à voiles.*

Signé et daté en bas à droite : *J. Juni, 1853.*

Toile. Haut., 82 cent.; larg., 1 m. 15 cent.

KOBELL

(JEAN)

(1779-1814)

115 — *Bœufs et Vaches au pâturage près d'un abreuvoir, au milieu d'un paysage.*

Signé et daté en bas à droite : *J. Kobell, 1813.*

Bois. Haut., 39 cent.; larg., 48 cent.

LE PONTE

(DIT LE BASSAN)

(École de J.)

116 — *L'Adoration des Bergers.*

Cuivre. Haut., 38 cent. ; larg., 29 cent.

LUCATELLI
(ANDRÉ)

117 — *Voyageurs près d'une tour, en Italie.*

Toile. Haut., 42 cent.; larg., 33 cent.

MIGNARD
(École de PIERRE)

118 — *Portrait d'une Princesse Royale.*

Vue à mi-corps, de face, vêtue d'une robe de velours bleu brodée d'or, enveloppée d'un manteau de velours rouge.

Toile ovale. Haut., 72 cent.; larg., 60 cent.

Cadre Louis XVI en bois sculpté et doré.

MOLENAER
(JEAN)
(1685)

119 — *Intérieur de Cabaret.*

Un buveur, entouré de villageois, regarde avec anxiété une lettre. Signé en bas à droite.

Bois. Haut., 31 cent.; larg., 26 cent.

MOLYN
(PIERRE-MARIUS)

120 — *La Danseuse.*

Signé et daté en bas à gauche : *1865*.

Bois. Haut., 75 cent.; larg., 90 cent.

N° 121

NATTIER

(JEAN-MARC)

(1685-1766)

121 — *Portrait du duc de Penthièvre.*

Vu à mi-corps tourné vers la gauche, chevelure poudrée à catogan, il est vêtu d'une armure damasquinée et porte au cou l'ordre de la Toison-d'Or, et, en écharpe, le grand cordon de l'ordre du Saint-Esprit.

Au fond, à gauche, on distingue un simulacre de la bataille de Fontenoy.

Toile. Haut., 55 cent.; larg., 46 cent.

RIEDEL

(A.)

122 — *Les Chanteurs napolitains.*

Signé et daté en bas : *A. Riedel, 1850.*

Toile. Haut., 1 m. 46 cent.; larg., 1 m. 26 cent.

RUBENS

(École de P.-P.)

123 — *L'Adoration des Rois Mages.*

Dans une étable, la Vierge assise tient l'Enfant Jésus debout sur ses genoux ; saint Joseph est près d'elle ; à gauche, les rois Mages, vêtus de somptueux costumes, offrent des présents et brûlent de l'encens devant le Messie ; derrière, une nombreuse assistance de cavaliers et soldats tenant des étendards ; des anges descendant du ciel volent en extase devant la lumière céleste.

Signé du monogramme *L. B.* en bas à droite, et daté : *1652.*

Toile. Haut., 1 m. 85 cent.; larg., 2 m. 54 cent.

Cette peinture a été attribuée jadis au Chevalier Bernini.

RUBENS

(École de P.-P.)

124 — *Salomé.*

Elle présente la tête de saint Jean-Baptiste à Hérode, assis à un festin, et recule épouvanté.

Toile. Haut., 54 cent.; larg., 60 cent.

SCHALKEN

(GODFRIED)

(1643-1706)

125 — *Le Savant : effet de lumière.*

Bois. Haut., 37 cent.; larg., 37 cent.

N° 126

RIEDEL

RUBENS

RUBENS

SCHALCKEN

STEEN

(JEAN)

(1626-1679)

126 — *Fête de Village.*

Au premier plan à gauche, sous de grands arbres, un paysan, assis sur une brouette, montre un navet à une petite fille ; à droite, un boiteux appuyé sur sa béquille et une vieille paysanne appuyée sur son bâton s'approchent d'une marchande de philtre, aux formes plantureuses, laquelle tient à la main une bouteille contenant un elixir ; un aveugle, conduit par son chien, arrive en vociférant ; derrière, sur une estrade, un charlatan, secondé d'un scaramouche, harangue la foule aux sons d'une guitare que pince un musicien vêtu de rouge et assis près d'une échelle sur l'estrade.

Au second plan, à l'extrême-gauche, un dentiste ambulant s'apprête à arracher la dent d'un paysan ; dans le fond, un chariot derrière lequel on aperçoit la foule se ruant sur des boutiques. A l'arrière-plan, une église entourée d'arbres se détache sur un ciel nuageux.

Bois. Haut., 37 cent. 1/2 ; larg., 49 cent.

Signé en bas au milieu : *J. Steen.*

VERBOECKHOVEN

(EUGÈNE)

(1798-1881)

127 — *Animaux.*

Un âne, un bélier et un mouton gardés par un pâtre dans un paysage.

Signé en bas à droite.

Bois. Haut., 40 cent.; larg., 36 cent.

128 — Tableaux omis.

FAIENCES ET PORCELAINES

Anciennes

129 — Bouteille en ancienne faïence d'Allemagne (?), à réserves de paysages.

130 — Petit groupe en biscuit, formé de trois amours tenant des guirlandes, couronné d'un buste d'homme. XVIIIe siècle.

131 — Vase, décor polychrome. Paris, XVIIIe siècle.

132 — Potiche, décor camaïeu bleu. Chine, XVIIIe siècle.

133 — Grosse potiche couverte, décor camaïeu bleu. Chine, XVIIIe siècle.

134 — Deux statuettes, biscuit : Enfants jouant. XIXe siècle.

135 — Paire de grands vases en porcelaine moderne de la Chine. Ils sont décorés de personnages polychromes en relief.

MARBRES, OBJETS VARIÉS

136 — Buste en marbre blanc : Personnage d'après l'antique.

137 — Statuette de femme en marbre blanc, personnifiant une source.

138 — Statuette de femme nue, assise, en marbre blanc.

139 — Statuette de Mercure en marbre blanc. XVIIIe siècle.

140 — Buste de femme. Plâtre.

141 — Lot de coffrets.

142 — Boîte rectangulaire. Travail de *Bagard*. XVIIe siècle.

143 — Deux mappemondes, sur leurs supports en acajou.

144 — Paire de verrières en métal.

BRONZES

145 — Cerf, de style archaïque. Bronze chinois patiné.

146 — Deux petits bustes d'homme et de femme en bronze patiné. XVIIe siècle.

147 — Groupe en bronze : l'Amour et Psyché.

148 — Groupe en bronze : Silène et Bacchus enfant.

149 — Statuette en bronze : Personnage jouant de la flûte.

150 — Animal chimérique formant jardinière. Bronze chinois.

151 — Petit vase en marbre, orné de trois enfants en bronze ciselé et doré. Style Louis XVI.

152 — Paire de vases en porphyre. Monture bronze doré.

153 — Grand socle à ornements de fruits en relief.

154 — Paire de candélabres en bronze doré, formés chacun d'une statuette en bronze patiné soutenant une corne d'abondance d'où s'échappent douze branches porte-lumières.

MEUBLES ET SIÈGES

155 — Petit cabinet en laque de Chine.

156 — Table en acajou, à dessus de marbre blanc. Époque Louis XVI.

157 — Petit cabinet en marqueterie de bois de couleur. Fin du XVIIe siècle.

158 — Table en marqueterie de bois de placage.

159 — Petit meuble d'entre-deux en citronnier, présentant, à droite, une porte et, à gauche, quatre tiroirs. Marqueterie de filets en bois noir. XVIIIe siècle.

160 — Table rectangulaire, à galerie et filets de cuivre. Époque Louis XVI.

161 — Cabinet en bois noir, avec incrustations d'écaille et motifs en bronze doré. Italie, XVIIe siècle.

162 — Petit bureau bonheur-du-jour en acajou, avec filets de cuivre. Époque Louis XVI.

163 — Cabinet en bois noir incrusté d'ivoire, sur une table à colonnes torses.

164 — Petit meuble d'entre-deux en acajou, à deux portes, à cannelures, avec coins arrondis et encadrements de cuivre. Signé : *Schmidt*. Époque Louis XVI.

165 — Petit cabinet en bois noir, surmonté d'une statuette équestre en bois polychromé. XVIIe siècle.

166 — Table-coiffeuse en marqueterie de bois de placage à filets. Époque Louis XVI.

167 — Bureau bonheur-du-jour, à abattant, en acajou moucheté, avec galerie de cuivre. Époque Louis XVI.

168 — Deux tables à jeu rectangulaires en acajou. Époque Louis XVI.

169 — Petit guéridon, à deux plateaux, en bois de placage. Époque Louis XVI.

170 — Table-rafraichissoir en acajou. XVIIIe siècle.

171 — Petit bureau bonheur-du-jour en acajou, à galerie de cuivre, avec encadrement en bronze doré. Époque Louis XVI.

172 — Panetière et pétrin en bois sculpté.

173 — Deux petites vitrines en acajou à filets noirs. Époque Louis XVI.

174 — Régulateur en bois sculpté et peint blanc. Époque Louis XVI.

175 — Petite servante-encoignure en acajou, avec plateau d'entrejambes. Dessus de marbre blanc. Galerie de cuivre. Époque Louis XVI.

176 — Paravent à quatre feuilles, à tirettes, en acajou ajouré dans le bas. Feuille de soie brodée. Époque Louis XVI.

177 — Paravent à huit feuilles en bois noir, avec plaques en albâtre peintes. Travail chinois.

178 — Petit écran en acajou, avec feuilles de lampas. Style Louis XVI.

179-180 — Quatre glaces en bois doré ou peint, des XVIIe et XVIIIe siècles. (Seront divisées.)

181 — Petit écran en bois noir. Feuille de tapisserie au point.

182 — Chaise à porteurs en bois doré. XVIIIe siècle.

183 — Écran en acajou, avec feuille de soie brodée. Époque Empire.

184 — Petite vitrine longue en acajou.

185 — Écran en marqueterie de bois de couleur, avec feuille de soie brodée.

186 — Petit modèle de commode, à trois rangs de tiroirs, en partie du XVIIIe siècle.

187 — Petit écran en acajou.

188 — Jardinière carrée en marqueterie de bois de couleur. XVIIIe siècle.

189 — Support de jardinière en bois noir et porcelaine décorée.

190 — Table à raser en acajou. Commencement du XIXe siècle.

191 — Bidet en acajou.

192 — Secrétaire à panneaux vernis Martin, avec motifs en bronze doré.

193-194 — Lot de sièges variés, des XVIIe et XVIIIe siècles.

195 — Console, forme demi-lune, à trois tiroirs et plateau d'entrejambes, en bois de marqueterie de couleurs. Époque Louis XVI.

196 — Objets omis.

RED. :

24

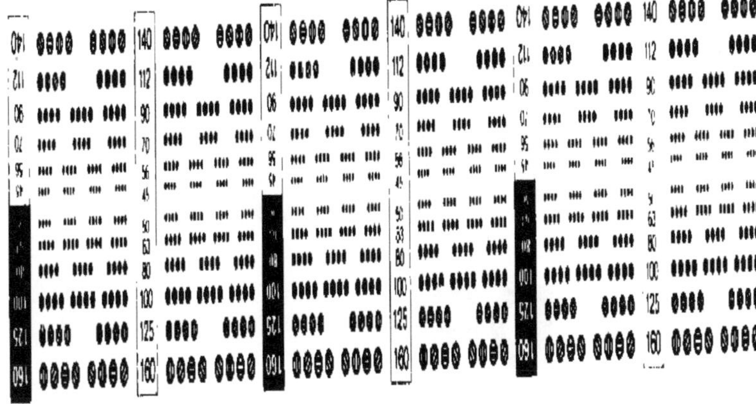

0 1 2 3 4 5 6 7 8 9 10

www.ingramcontent.com/pod-product-compliance
Ingram Content Group UK Ltd.
Pitfield, Milton Keynes, MK11 3LW, UK
UKHW022132260726
13993UKWH00003B/1393

9 782329 311586